AF570996

Förlag: BoD – Books on Demand, Stockholm, Sverige
Tryck: BoD – Books on Demand, Norderstedt, Tyskland
ISBN: 978-91-8027-683-2

H o p e less

?

Ångestberget, att skjuta upp eller framför allt...

....en smal bok

0

Det här är berättelsen om hunden och grisen, som träffar dig där du minst anar. På vägen ser du björnen och geten, berör grodan och kon. Slutligen står den där, hästen, förväntansfullt. Är du redo?

Det finns som regel två val, ett som rör sig eller ett som blir stilla. De flesta kan resonera om en väg framåt eller bakåt, en åt höger eller vänster. Hur de än rör sig så blir det ett val.

Livslönen är vad vi åstadkommer, får med oss och finns i allt vi upplever. Det är en väg som går att vilja.

Livslögnen är av helt annan kaliber, håller dig i sitt fasta grepp, lurar dig att tro på något som inte finns eller borde vara. Det är en annan idé, som också är valbar?

Har du tänkt på att det finns en riktning inåt? Då blir ett naturligt alternativ att sikta uppåt eller nedåt. Varför inte utåt? Det återstår att se. På vägen tassar de med, hunden och grisen.

”Jag vill ha vad du har”, gläfste hunden.

”Vi får se om det blir något över”, fnyste grisen.

”Du måste dela med dig”, morrade hunden.

”Är det därför du svansar runt mig?” grymtade grisen.

”Ge mig mer än torftiga rester”, gnällde hunden.

”Du irriterar mig, något förbenat”, knorrade grisen.

1

Det är tidig morgon, och lika oklart som igår om vad som kan hända. Väggkalendern är nerklottrad med vardagligheter, i måsten, ett litet träningspass och en pratstund med någon.

Du följer dem där, längs vägen. Hunden och grisen är ett omaka par. Ingen vet hur de fann varann.

”Kom, vi springer vidare”, ivrade hunden.

”Lugna ner dig för en smula”, kontrade grisen.

Det är allmänt känt att en gris kan nå höga hastigheter, och ett riktigt svin av den vilda sorten kutar 40-50 km/timme. Nog är jycken aningen kvickare, vilket den vet.

”Jag väntar in dig vid nästa krök”, fortsatte jycken.

”Gör du det”, mumsade svinet vidare.

Svinet, grisen eller vad han nu skall kallas hörde sin vän skälla i nästa korsning. Vrålet som raggade upp naturen gjorde grisen förfärad. En björn i full galopp kan ta sig an en gris, vild eller inte, men får akta sig noga vad gäller betarna trots allt.

”Vad vill du då?” brummade björnen till hunden.

”Bry dig inte om honom, Kom, vi går vidare”, sa grisen som stadigt lommade på.

”Gör som geten. Håll er hemma i hagen”, ryter björnen.

En uppretad björn slår när han vill. De vet nu inte riktigt hur det går till. Hunden verkar ointressant för björnen, och kan ställa till det med människan hack i häl. Hunden blir uppenbart störd av denna nonchalans. Hon vänder sig till sin kompanjon.

”Sluta böka”, skällde hunden

”Det är tryffel och läckerheter här. Jag stannar en stund nära jordkällaren”, konstaterade grisen.

Hunden höll björnen på distans. Även en nyväckt björn går mot sin vrå i lugna skogen, när den inte är alltför hungrig. Grisen klarade sig gott den gången. Hundens flyfotade sökande efter uppmärksamhet kan förvirra en överrumplad skogsnalle:

”Är jakten där redan är det inte lika säkert som innan,” kunde en yrvaken björn känna.

Strax, där intill finner de hagen som björnen tidigare nog lufsat runt. En get står och tuggar vid buskagen på andra sidan. Geten är ute ur kättet, lyssnar, spanar länge och väl, fortsätter i sin orubbliga tro, i sin stilla ro. Men, geten får snart sällskap av en proppmätt gris som behagar sig, vältrande i leran. Nu suckar hunden, fokuserar istället på en något frågande get.

"Vem är du?" frågar hunden.

"En annan av alla som är här. Hur så?" bräkte geten.

"Ta bladet från munnen, och ge mig mer", kved hunden.

"Äsch, du, saftigt är det här", smaskade geten.

"Smakar det så kostar det visst", hördes grisen som följt deras konversation.

"Ni verkar trivas tillsammans", gnydde hunden. Hon tog några snabba löpsteg runt de båda, innan hon pep iväg. Björnen sisade längre bort bland snåren, brydde sig inte särskilt.

Grisen trivdes för stunden. Geten höll sig till sitt. En ko tycktes vinka till sig hunden. Om det är öronen eller svansen är oklart. Hon kunde dela med sig av livets goda, på ängen.

”Kom, vännen”, råmade kon.

”Du njuter av klöver, håller med grädde och smör, men kalvdansen har jag ingen nytta av”, ylade hunden.

”Festa med mig, i alla fall”, nickade kon.

”Det låter, ger annat ljud i skällan”, svassade hunden.

”Liksom att leva med sol och vår så härliga tider består”, levererade kon. Hennes vänaste tårar välldе fram ur så oanande brunnar som vädjar kontakt. Under svajande fjäderflor tonar de in frekvenserna, djupt in i hundens törstigt ömkande blick.

”Vi har alla våra undringar”, längtade tiken. Hon sänkte sig ner, utsträckt i gräset bredvid kon. De båda var tysta ett tag.

”Ser du grodan där borta. Den fångar allt och håller igen käften”, betraktade kossan en stund.

”Vad har den för val?” tänkte den blundande hunden.

”Grodan har allt den behöver”, sjöng den skuttande ko som nyss öppnat sig för sin nya bundsförvant, hunden – en tik.

”Den kväker, som om den säger att den har mer”, trodde hunden i sin dämpade uppgivenhet. Hon sänkte nosen, lade sig tillrätta med huvudet mellan framtassarna. Tiken lutade sig lite åt sidan.

”Grodan är spänstig”, deklarerade kossan.

”Seg som gummi”, kompenserade hunden.

”Han studsar som en gummiboll”, skrattade kon.

”Han vet inte vad han har”, förstärkte hunden.

Grodan hoppade upp på tikens rygg. Hunden nafsar i sitt rediga försök att nypa tag i hoppjerkan. Kon ler. Grodan är helt fri att hålla sig undan. Frågan är om den nöjer sig med livet som den har. En sticka med ett avigt sätt kan reta:

”Rabbit-rabbit... Ha're bra”, lät grodan.

Hunden kikade runt. Kon dansade vidare.

”Du tror du är lustig”, bölade grodan mot kon. Samtidigt gnider den sina taniga lemmar mot bröstkorgen.

”Någonting osar bittert”, ryggade hunden.

”Det är livet, och allt där under”, försäkrade kon.

”Väl hermetiskt”, flämtade grodan som i ögonblicket just räckte ut tungan och sög in några svärmande knott.

”Du är tydligen aldrig nöjd du, grodan”, lystrade hunden

”Det är till mig, se bara”, smackade grodan tre snabba ut och in med sitt klistriga utskott, torrt som läskpapper.

”Var är björnen?” vädrade hunden.

”Det är hästen”, reagerade grodan. Kon viftade sina öron och gav på så vis grodan mer att gapa över.

”Nu tystnar han kort och tvärt”, blinkade kon.

”Ha det bra. Jag drar bort till pållen.” Hunden satte av. Geten och grisen skildes åt. Grisen drumlade runt, fjärmade sig sin förste medvandrare. Hästen dirigerade vindar och moln med taglet i baken. Det ska mycket till innan ståtliga hingstar lägger manken till. Han som vakar över hagen finner läget tryggt.

”Björn, kom inte hit”, gnäggade han högt när jakten tog sin början. Hunden studsade, ville väl vara nära något nytt.

2

Så, när morgonklockan väcker kan du nypa dig i armen och förstå att vad du nyss drömt är en hyfsad realitet, men inte riktigt hur dagen kommer att arta sig. Det lär visa sig ändå. Om vi har befälet i drömmen, liksom är med på allt som händer, så har vi nått in i vårt undermedvetna. Vi lyckas balansera ångest med känslor i övrigt. Vi kan interagera i allt; en verklig tillvaro.

Vi ser dem, hunden och grisen. Medföljarna längs vägen i livet är beskrivningar enkom för att locka fram vår inre särart. De är dödssynderna. Ingen kan se lika bedrövad ut som hunden och ingen matte eller husse blir lika sorgsen som när familjens trognaste vän svävar vidare i universum bortom här och nu. Det begriper du och jag. Våra känslor spelar med oss, ett spratt.

Vilka delar passar in? Äsch, rimligen förstår vi bättre än vi tror. I äldre medeltid var det hunden som fick gestalta avund. Att avundas är inte särskilt livgivande. Det skapar bitterhet, ger en onödig känsla av förtvivlad sårbarhet. Att missunna någon är något annat än att avundas någon, såklart. Habegär följer efter.

”Med livet kan jag frodas och stimulera mig”, skrockade grodan. Hunden insåg att det är för bra. Hon ville inte höra mer från den förgrönade och otämjda varelsen.

”Du kräver tills det kväver”, påpekade hunden.

”Det finns ingen måtta på allt”, hördes plötsligt grisen.

”Var kom du ifrån? Jag trodde att du badade i gyttjnn”, snappade hunden. Hon slickade sig om nosen.

”Nja, jag kippade efter luft, är mätt och belåten”, kunde grisen ha sagt. Han tänkte det, i alla fall. Magen stod på ända, i ett välfyllt späck, med fulländade former.

”Se här, så fångar vi uppmärksamhet”, smackade grodan.

”Trams!” Grisen steppade upp i diskussionen. Grodan är för ett kort ögonblick trängd, men finner sig snart.

”Det finns hopp, massor av hopp. Kolla:” sprätte han, en späkt groda som bara vill ha mer men inte ser vad det innebär: Det är girigheten som symboliseras av en groda, en tanig groda.

”Mycket, vill ha mer”, utstrålade grodan, emedan grisen fortsatte sitt livsbejakande frosseri. Just, så var det. Frosseriet i allmänhet vet ingen hejd, fortsätter tills vidare. En kaxig groda vill bara ha mest. Grisen frotterar sig, bland nötter och örter, får utslag av rötter som frukter. Han fyller aptiten och avrundar liv.

”En jobbar för mer, att bli hel”, pustade grisen.

”Vad menas med det?” suktade grodan.

”Att du aldrig blir tilfredsställd”, bjäfste hunden.

”Gör som geten, då”, tutade grodan.

”Hon, som bara är lat, tuggar på samma frasande löv, om och om igen. Hon är väl bekväm och trög”, funderade grisen.

”Då blir vi lättjans vänner, vi med”, lekte hunden, lättad av att geten står för annat. Kon är för lust och hästen stoltserar länge när björnens ilska tar ut sin rätt på annat håll.

”Björnens hunger kan ingen leka med”, tänkte hästen då han gnäggade högt. Grisen trynar, undan för undan. I drömmen kan allting hända. Kon dansar vidare i sin värld, i sitt på ängen.

De vilda djuren är friare i tanken. Väl tämjda förlorar de kanske naturen. Tamdjuren anpassar sig snart till sin nya värld och känner efter: Fodervärden ger något visst. De behöver mer. Ett litet steg närmare finns allt kvar, i deras egentliga väsen.

Sällan ser vi tryggheten i det fria. Den får en byggnation av påhittade regler. Den trygga friheten stänger vi in. Alltså blir flyktbehoven naturliga. De sju dödssynderna är bara en av alla olika förklaringar, på hur vi är och vad vi gör eller kunde få till.

Släpper en lös allt så börjar en inse, alla dessa.

Hunden och grisen, grodan, geten och björnen fyller ut i tomrummen omkring hästen och kon. Spatserande i lagom takt kommer de med, på vägen - eller i vägen.

3

Vingarna sträckte sig från det ena molnet till det andra. I den sekunden såg hon klart. Att lämna den osäkra grunden i ett ögonblick fick henne att slappna av. Ingen visste egentligen, om en hade gjort sitt. Hon blev inte särskilt upplyft av reaktionerna hos familjen. Det kom inget stöd från vännerna heller. Svävade hon, eller låtsades? Rösterna var bekanta, de där som viskade.

Bästa kompisen var mycket roligare att lyssna på, fick all uppmärksamhet bland alla andra, tänkte hon, ideligen. Det var därför hon irrade runt varje dag, från ett ganska vanligt jobb till ett ganska vanligt hem. Väninnans lustfyllda piruetter stjäl allas intresse, anser hon. Pojkvännen är inget bättre. Han som alltid kommer hem för tidigt, halvdör vid teven, glor på sin dumburk och snackar oavbrutet. Vad är det för mening med allt? Känner hon efter? Det är lätt att tappa tråden, till sist. Att fly bort ger kanske hopp. Ett hopp för livet, gills det?

Det var därför hon provade på, en gång. Plötsligt rymdes allt samtidigt, gav det mer tid. Sammanlagt kändes, liksom här och nu, med hela livet.

"Det här är meningen." Hon svävade ut.

Med några djupa andetag tog det fart, igen. Pojkvännen sov i rummet intill, givetvis i teve-soffan. Hans snarkningar var alltid bullriga efter en dosa snus, en back öl och hämtpizza. De levde inte längre tillsammans, försökte bara hantera bostaden i en gemensam ansats att undvika vräkning. Ännu fungerade det.

"Ett bloss för livet." Hon tände upp genom sitt inre. Alla stunderna hon får vara själv, i fred blir hennes egen hemlighet.

"Ser du flamman?" hörde hon, reagerade knappt. Det var en röst från andra rummet. Pojkvännen stökade runt bland alla soffkuddarna, viftade med armarna och hostade högt.

Hon såg molnen, från sin ena vingspets till den andra, i ett blixtrande sken. Ljusen flickrade runt henne. Samtidigt var värmens lågor nära, omslutande med alla regnbågens färger.

Blåljusen virvlade rundor. Bedövad av det inrökta kunde hon uthärda hettan i fötterna. Tårna sveddes ner till nagelband och bädd. Det var inget hon brydde sig om, just då. Smärtan av att inte få kärlek på det sätt hon egentligen önskade slog ut allt annat.

”Vad har det för betydelse?” drömde hon.

”Vakna.... vakna nu,” hördes någon outgrundlig karaktär därinne i drömmen. Hon höll armarna tätt omkring sig, som för att omhulda värmen. Outgrundlig? Flammorna krängde och tog nya former. Pojkvännens huffande och puffande, från balkongen på några meters avstånd, blev avlägsna stridsrop, i slow-motion precis som i filmerna de brukade titta på vid fredagsmysen åren innan. Hon var okontaktbar, i deras värld, men helt på det klara med sin resa.

Vingarna ömmade litet i yttersta spetsen. Hon snuddade vid de ulliga mulliga grå bollarna som studsade runt på himlen i deras sänghalm. De djupa andetagen övergick i en långsam puls när ambulansköterskan satte nålen i hennes hand. Avgrunden var rörande nära, avunden. Hon såg hunden springa vidare över ett fält. Hon insåg nu att det var ingen trivsam modell att leva i, att ständigt känna sig misslyckad i relation till vad andra har.

"Krama mig...", hördes hon. Ambulanssjuksköterskan är van det mesta, men låter sin hand vila på kvinnans bröstkorg.

"Krama mig...", snyftade hon fram. Nu rullade de vidare med de blå varselljusen banande väg.

Pojkvännen satt under en filt, och försökte dölja sina så smärtsamma tårar. De blandades med sotiga hoststötar. Polisen som anslöt frågade vad han tagit, eller gjort.

"Ingenting," klämde han fram. Polismännens granskning av honom bemöttes med ett föraktfullt stirrande.

"Främlingar...." Teleprompter - mellan rader: Ingen sade något. Polisen lämnade stället. Brandkåren gjorde sin plikt. Av kök, spisfläkt eller cigarettfimp är rätt så vanligt men knappast det här. Pojkvännens yrvakna kalufs väckte viss förtjusning hos alla i den ditkallade beredskapen. Det är utvecklande, om än så tragiskt med alla dessa situationer. Den där novellen får vila till senare, innebandyträning avbryts och allt fika på polisstationen övergår i kallnat kaffe med torra mackor, som är dugliga nog till senare. Snart knackade en granne på, i uppståndelsen med alla skimrande ljus.

"Vad var det för ljud?" Då hoppade fler obetänksamma frågor ur hans mun. Grannen var en girigbuk, brydde sig bara om sitt. Han hade valt att bara bry sig om allt sitt, om möjligt. Liksom en karikatyr ur fyrtiotalets SF journalfilm, muttrande:

"Ni skapar ständigt era konstigheter mitt i natten", skröt han. Under sitt tillplattade huvud med lågt hårfäste, breda röda hängslen över en bedagad korpulens sviktade han på steget.

"Bry're'ru' " Pojkvännen gäspade innan han sög i sig det sista av bubbelteet. Bubbelte är annars taiwanesiskt smågodis, i flytande form. Explosionen i sovrummet kom ifrån en odammad fläkt. Den hade överhettats i värmen därinne. Det slog gnistor.

Orsaken kunde ha varit känslosvallet efter dagens utbrott. Hon ville hellre se sin moitié bli den bättre hälft hon tänkte, en stor del av tillvaron. Han ville bara plocka i sig av allt det goda, som livet ger. Hon erbjöd honom så mycket och hela tiden mer.

Deras wig-wam nådde knappt takhöjd. Inne i den var de utlagda filtarna placerade om lott. De avsåg att bilda mönster i färgglatt lapptäcke, psykedelisk mosaik. I alla fall verkade det så i den sliskiga röken. För de som anslutit festen, alltså inresta ur räddningsstyrkan, syntes det klart och tydligt vara underlag ur en madrass, några enfärgade trasmattor gjorda av plastband samt ett gammalt ljusbeigt sängöverdrag. Närmare granskning kunde avslöja mer, och mindre liv i tygerna för övrigt.

"Vilket onödigt påhitt." kunde en av brandkårens hjältar uttryckt. Poliserna som undersökte pojkvännens filtar och plagg konstaterade att den randiga pyjamasen i blåvit trikå knappast var inköpt i någon designbutik. Otvättad byk är liksom strykfri, oberoende av nya trender och förvillande influenser.

De hade eldat på ett antal tärningar av någon brun kåda som hon köpt av en vandrande kvinna på torget. Väl insatta var de i sitt tält, invirade i sängkläder och annat. De lade köpkådan i rökpåsar med alspån. Röken från dessa påsar sipprade fram ur sidostycket som inte var helt tillslutet. Värmen, och innehållet, dansade ut som några klibbiga moln. Befriade i rummet gjorde de grumliga avtryck, satte nästan mystiska spår.

Hon tog sig snart in i sängkammaren men han gick ut på balkongen. Med sig hade hon sin lergök, ett litet minne från en sommarsemester med hennes föräldrar. Han höll en glasglob i sin hand. Storstaden i miniatyr, och tomtesläden, täcktes av ett finkornigt snöoväder. Så var det tänkt, åtminstone. Grådiset var på flykt genom balkongdörren. Det levande snölandskapet slog sig till ro. Ambitionen att berätta om sina bästa minnen började bra. De behövde hitta tillbaka. Någonting hade gått snett. Nyss var det faktiskt ganska illa. Souvenirerna skulle hjälpa till.

Istället för att blåsa i okarinan drar hon ljudlöst i sig den simmiga ångan. Sänghimlen breder ut sig över henne. Därunder är hon äntligen obunden.

Pojkvännens såriga underläpp blir mer fäst vid sugröret i papp än hans känslor är till minnen. Tankebubblorna ur tomma intet spricker. En bubbla fastnar i röret, lämnar inte pipeline.

Den lilla lergöken lyfter. Hon följer den med alla sina sju sinnen. Hon längtar efter mer.

Globen vilar på korslagda ben. Inget rör vid. En sprittig bubbla poppar ut. Den är melerad. Ytan är oljig. Hoststöten ger den fart. Hans pipeline är rensad, ännu inte helt blank.

”Pack! Ert pick och pack”

”...och päremos va’”

”Hursa?”

”Va?”

”Själviskt geschäft! Det är nog bäst att ni flyttar. ”

”..Käft’ själv gubben”

”Herr Smertengran kan gå in till sig nu. Trapphuset är

säkrat. Branden är släckt.”

”-Gren! Af Smertengren... Smert-en-grreen!”

Så fnyste grannen, vände på klacken men gick inte hem. Ekot i trapphuset sjöng ut genom räcket, tog sig vidare friheter bortom alla dörrar. Jalusiet över balkongfönstret svängde med. Pojkvännen försökte sortera blickarna från höger till vänster.

”Fån Smertengren...”

”Klarar du dig nu?”

”Aaa.. Ja’tro’re’...vaddå’rå”

”Din sambo lär kontakta dig sedan.”

”Jaha. Om?”

Insatschefens hjälm, bälten och matchande skor skänkte honom ett polerat intryck. Uniformen utstrålar stolthet, liksom skapande av distans, i något mått.

Utan att fastna för någon detalj ruskade pojkvännen hela huvudet. Hans händer borstade liv i oröjd terräng omkring öron och kindben. Fingertoppar grävde djupt. Smilbanden ryckte till men ögonen blängde; förfärade, hungrande, tömda brunnar.

”Aaahh..”

Distansen till sirenerna inverkade sövande på honom. Brandmannen gick.

Vid sjukhusets entré lastades bilen ur. Hon var ännu inte riktigt närvarande.

”Krama mig...”

”Det var eldhärjat i lägenheten. Hon har rökt något”

”Vi tar över.”

”Johanna, ta blodgas! Lars ventilerar, max 3 liter syrgas på grimma. Vi vet inte hur koldioxiden vädrar ut än.”

”Inga rosa fläckar.”

”Invänta blodgasen. Sätt en Ringer och 200 ml tribonat. Gabriella, ring intensiven och koppla upp telemetrin. Johanna ordnar urinmätning. Vem är anhörig? Tempo!”

Så fortsatte de. Akutläkaren höll taktpinnen, raskt.

4

I vanliga fall kunde han verka lugn, akutläkaren. Men så fort någonting rubbade grunden, idén, tappade han humöret.

”Ligg!”

”Krama mig...”

”Tyst! Det är en vårdavdelning, inget känslocenter.”

Nackdelen med så utbildade människor är att de besitter en viss förmåga att hantera saker, i teorin. Praktiken förefaller i sammanhanget annorlunda. Han försöker, gång efter annan, att hålla igen sin vrede. Raseriutbrott över de onödiga diskussioner som kan uppstå på arbetsplatser tvingade honom till upprepade överläggningar hos vederbörande klinikchef, professor Pe.

”Vill ni ha kunnigt folk, eller kelande jönsar på akuten?”

”Nå, Björn. Du har väl haft ett gott inflytande på arbetet men, inför fortsättningen, gör det gärna i en vänligare ton.”

Längre än så behövdes inte. Björn visste. Hon visste.

5

Professor Pe kom från Peking. Hon kallades Pe för ingen kunde uttala hennes riktiga namn. Om det var uppväxten eller hennes livsåskådning var osagt. Lugnet hade hon, och effektivt gav hon hela akutmottagningen själ att slappna av, även i deras mest förryckta stunder om liv. Bakgatorna i förorter till Peking är idag skuggade av de monumentala skyskrapor miljonstaden inhyser. Kanske var det redan där. Ljuset lyste genom henne.

Björn reste ragg, men tonade ner trots allt. Personalen i övrigt tyckte att hon mest satt och tuggade. De orkade inte vara lika energiska, lika furiöst ambitiösa som den där Björn.

Så länge de fick klara order, visste vad som skulle göras, var jobbet hanterbart. De fick tydliga uppgifter och lärde snart varandra. De förstod vad som krävdes. Professor Pe mumsade visserligen på sina gröna alger och smuttade på sitt eteriska te så pass att det härjade i korridorerna. De uthätdade läget. Hon vegeterade på sitt vis.

”De gör så gott de kan....”

”Vi gör så gott vi kan...”

”Tempo! Vad är senaste blodtrycket?”

”Glöm inte andningsfrekvensen....”

”Brukar vi inte räkna andningen?”

”Pulsen. Ge mig pulsen!”

”Hon har fin färg...”

”Vi har syremättnaden, 97%...”

”Det ser jag väl. Ge mig trycket, mät urinen. Vad är det som luktar?”

”Det sjuder gott, av liv därinne...”

”Hon dricker väl sitt hälsote...”

”Kolla droppet. Fokusera!”

Alla drar sitt strå till stacken. Visst, myrorna bygger sina torn mot söder. Riktningen avgör hur ljuset når in. Drottningen avnjuter möjligen drönarskallar, mer än honungste.

6

Någon dag senare dansade hon in. Hon som är väninnan Vera Viktoria tycktes förstå. Att vara vän innan olyckor uppstår har sina fördelar.

”Det är förskräckligt hur han gör med dig.”

”Han har inte gjort någonting, absolut ingenting.”

”Hur menar du nu? Det är väl hans fel att du är här?”

”Nja. Jag ledsnade på alltihop. Han är inte kapabel att ens skada sina små sängkvalster.”

”Aha, det är därför du ville röka ut dessa tingestar!?”

”Nja. Jag försökte bara dämpa ångest. Det tog fyr i...”

Några steg hördes in på salen. Ett brummande oljud väckte förundran. Björn var 170 cm, vägde 70 kg och är den urtyp för standardfigur vi har i många vetenskapliga mått. Så visste Professor Pe att de inte är så vanligt förekommande, de där ordinära typerna. Hon läppjade på sin tekopp, lyssnade:

”Lämna oss ifred. Ni får tjöta senare.”

”Göteborgaren...”

”Björn, jag heter Björn. Hej.”

”Jag trodde du hette Ted...Teddy... Kram kära väninna. Jag kommer tillbaks när du skall hem. Ring då, tjingeling.”

Så sjöng hon på vägen ut, små lätta steg. Väninnans fina utstrålning passade väl in på vilken vernissage som helst. Här, däremot, utgjorde hon en bjärt kontrast mot de klassiska färger vi har på våra sjukhus idag, enkla och rena drag. Den som ligger kvar i sjukhussängen kan bara sjunka in i sina egna tankar:

”Små lätta moln, dansar på min himmel....”

”Dina värden ser bra ut. Du åker hem imorgon.”

”Om du bara visste, hur jag längtar.”

”Bra. Vi är färdiga med dig här. Är du nöjd nu?”

”Jag brinner för livet, och allt, till det bättre.”

Professor Pe släntrade i korridoren. Avslöjande flyktiga ångor följde efter. Björn lämnade rummet.

7

En ny bekantskap kom in på salen.

”Vem är du?”

”Jag är din vän.”

”Vad gör du här?

”Jag håller dig vid liv.”

”Behövs det?”

”Hur är det annars?”

”Tack, som frågar...”

”Vart vill du nu?”

”Hem. Jag vill hem.”

”Orkar du det?”

”Det får vi se.”

”Hej på ett tag.”

”Vänta. Krama mig...”

Och så blev det, i alla fall den gången.